Silvia

Uma doce lembrança

Editora Appris Ltda.
1.ª Edição - Copyright© 2024 do autor
Direitos de Edição Reservados à Editora Appris Ltda.

Nenhuma parte desta obra poderá ser utilizada indevidamente, sem estar de acordo com a Lei nº 9.610/98. Se incorreções forem encontradas, serão de exclusiva responsabilidade de seus organizadores. Foi realizado o Depósito Legal na Fundação Biblioteca Nacional, de acordo com as Leis nos 10.994, de 14/12/2004, e 12.192, de 14/01/2010.

Catalogação na Fonte
Elaborado por: Dayanne Leal Souza
Bibliotecária CRB 9/2162

F481s
2024
	O Filho de N'Gora
	   Silvia, uma doce lembrança / O Filho de N'Gora. – 1. ed. – Curitiba: Appris, 2024.
	   51 p. : il. ; 21 cm.
	
	      Nome pessoal do autor: Pedro Gomes de Souza.
	      ISBN 978-65-250-6825-1
	
	   1. Silvia. 2. Lembrança. 3. Doce. I. O Filho de N'Gora. II. Título.
	
	                                            CDD – B869.93

Editora e Livraria Appris Ltda.
Av. Manoel Ribas, 2265 – Mercês
Curitiba/PR – CEP: 80810-002
Tel. (41) 3156 - 4731
www.editoraappris.com.br

Printed in Brazil
Impresso no Brasil

O Filho de N'Gora

Silvia
Uma doce lembrança

artêra
editorial

Curitiba, PR
2024

FICHA TÉCNICA

EDITORIAL	Augusto V. de A. Coelho
	Sara C. de Andrade Coelho
COMITÊ EDITORIAL	Marli Caetano
	Andréa Barbosa Gouveia (UFPR)
	Edmeire C. Pereira (UFPR)
	Iraneide da Silva (UFC)
	Jacques de Lima Ferreira (UP)
SUPERVISORA EDITORIAL	Renata C. Lopes
PRODUÇÃO EDITORIAL	Emily Pinheiro
REVISÃO	Katine Walmrath
DIAGRAMAÇÃO	Amélia Lopes
CAPA	Kananda Ferreira
REVISÃO DE PROVA	Alice Ramos

À minha esposa e aos meus três filhos pelo carinho e dedicação para comigo.

AGRADECIMENTOS

Agradeço aos meus quatros netos: os gêmeos Pietro e Nicolas e os irmãos Mateus e Miguel por serem motivos de força para empreender esta tão sonhada jornada.

A Deus por me ter dado uma segunda chance após o acidente de uma queda de quatro metros de altura de um telhado e ter tão somente fraturado o fêmur em dois lugares e rompido o tendão do braço. Como uma tábua de salvação, agarrei-me aos meus antigos manuscritos e resolvi de vez pô-los em prática.

À minha querida irmã, Osmarina, pelo incentivo dado a perseguir um objetivo.

*As lembranças são o perfume da alma,
eternizando momentos que o tempo
jamais poderá apagar.*

(O Filho de N'Gora)

APRESENTAÇÃO

Em *Silvia, uma doce lembrança*, somos convidados a mergulhar em uma narrativa envolvente e comovente, onde as fronteiras do tempo se dissolvem, permitindo que o passado e o presente se encontrem em uma dança delicada de emoções e memórias.

Silvia é uma personagem que personifica a beleza efêmera dos momentos que marcam nossa existência. Através de seus olhos, somos transportados para cenários repletos de sentimentos intensos e situações que refletem a complexidade da vida humana. Cada página deste conto revela um fragmento de sua jornada, uma viagem que nos faz refletir sobre nossas próprias memórias e as pessoas que deixaram marcas indeléveis em nossos corações.

A história de Silvia é uma ode às lembranças, àquelas que trazem um sorriso aos nossos lábios e àquelas que evocam uma lágrima silenciosa. Ela nos mostra como as experiências vividas, por mais passageiras que possam parecer, têm o poder de moldar quem somos e como enxergamos o mundo ao nosso redor.

Ao acompanhar Silvia em sua trajetória, somos tocados pela sua capacidade de amar e de lembrar, pela sua força em meio às adversidades e pela sua doçura inata. Seu relato é um lembrete de que, mesmo nas horas mais escuras, as lembranças têm o poder de nos iluminar e nos guiar.

Silvia, uma doce lembrança é mais do que um conto; é uma experiência emocional profunda, uma celebração da memória e do amor que transcende o tempo. Prepare-se para ser cativado por uma história que, embora ficcional, ressoa com a verdade universal da condição humana.

O FILHO DE N'GORA

PREFÁCIO

Querido leitor,

É com imenso prazer que apresento a vocês *Silvia, uma doce lembrança*, uma obra que transcende o simples ato de recordar, adentrando profundamente os corredores labirínticos da memória e da emoção humana. Este livro, habilmente escrito por O Filho de N'Gora, nos convida a mergulhar em uma narrativa que é ao mesmo tempo pessoal e universal, evocando sentimentos que todos nós, em algum momento de nossas vidas, já experimentamos.

A história nos é contada por um narrador cuja vida foi indelevelmente marcada pela presença de Silvia, uma figura tão presente em suas memórias quanto ausente em sua realidade atual. Silvia não é apenas uma pessoa que ele amou; ela é um símbolo daquelas lembranças que moldam nosso ser, mesmo quando o tempo insiste em nos afastar dos momentos vividos. A cada página, somos levados por um fluxo de consciência que nos guia através de paisagens emocionais ricas e variadas, desde os picos eufóricos da alegria compartilhada até os vales sombrios da saudade.

A narrativa poética e profundamente emotiva de *Silvia, uma doce lembrança* toca o coração ao explorar a complexidade das emoções humanas. O autor nos mostra como o amor e a perda estão entrelaçados, e como as pessoas que amamos continuam a influenciar nossos pensamentos, sonhos e ações, mesmo após terem partido. Este conto introspectivo é uma reflexão sobre a natureza efêmera da vida e o poder duradouro das lembranças.

Silvia, uma doce lembrança promete ser uma experiência literária inesquecível, um convite para explorar os corredores sombrios e iluminados de nossa própria memória, à procura daquilo que, embora perdido, nunca deixa de nos definir. Com um estilo narrativo que flui suave como um rio sob o luar, este livro é uma jornada introspectiva onde o tempo se dobra sobre si mesmo, e o passado e o presente se encontram em um abraço eterno.

Prepare-se para ser transportado para um mundo onde cada detalhe vivido ao lado de Silvia ressurge com uma vivacidade que transcende a barreira do esquecimento. Este é mais do que um relato sobre o passado; é uma celebração das memórias que cultivamos e uma homenagem às pessoas que deixaram marcas indeléveis em nossas vidas.

Com carinho e admiração,

Adriana Moreira dos Santos Papa

Com anos de experiência no mercado editorial, ajudando autores a transformarem suas ideias em livros inspiradores.

SUMÁRIO

INTRODUÇÃO 17

CAPÍTULO 1
O ENCONTRO INESQUECÍVEL 18

CAPÍTULO 2
A DESCOBERTA DOS SENTIMENTOS 27

CAPÍTULO 3
A JORNADA DA AMIZADE TRANSFORMADA 29

CAPÍTULO 4
A RECONSTRUÇÃO DOS SENTIMENTOS 31

CAPÍTULO 5
DESAFIOS INESPERADOS 33

CAPÍTULO 6
A JORNADA DO CORAÇÃO 35

CAPÍTULO 7
O DESPERTAR DA VERDADE 37

CAPÍTULO 8
O REENCONTRO DO DESTINO 39

CAPÍTULO 9
ENTRE LEMBRANÇAS E NOVOS HORIZONTES 41

CAPÍTULO 10
DESPEDIDAS E NOVOS COMEÇOS 43

CONCLUSÃO 45

EPÍLOGO 46

MÚSICA: SILVIA, UMA DOCE LEMBRANÇA 47

OBRAS DO AUTOR O FILHO DE N'GORA 50

INTRODUÇÃO

Silvia, uma doce lembrança começa no umbral da memória, onde os contornos da realidade se misturam com as nuances da saudade. Neste conto, mergulhamos nas profundezas da alma de um narrador que tece, com palavras delicadas e evocativas, o retrato de Silvia — uma presença tão etérea quanto marcante em sua existência. Através de um fluxo de consciência que flui suave como um rio sob o luar, o leitor é convidado a navegar pelas águas tranquilas e, por vezes, turbulentas da memória, onde cada lembrança de Silvia brilha como um farol no nevoeiro do esquecimento.

Como pétalas ao vento, as recordações do narrador se desdobram, revelando camadas de emoções e insights sobre a natureza efêmera do amor, da perda e da própria vida. *Silvia, uma doce lembrança* não é apenas uma história sobre relembrar alguém amado; é uma reflexão poética sobre como as memórias que cultivamos moldam quem somos e como, mesmo na ausência, os que tocaram nossas vidas continuam a nos influenciar.

Neste enredo entrelaçado de memórias e sonhos, o leitor é levado por uma jornada introspectiva, onde o tempo se dobra sobre si mesmo, e o passado e o presente se encontram em um abraço eterno. *Silvia, uma doce lembrança* promete ser uma experiência literária inesquecível, um convite para explorar os corredores sombrios e iluminados de nossa própria memória, à procura daquilo que, embora perdido, nunca deixa de nos definir.

Capítulo 1

O ENCONTRO INESQUECÍVEL

Silvia era uma mulher incrível, sempre com um sorriso no rosto e um olhar gentil. Era a personificação da generosidade e da bondade, e todas as pessoas que a conheciam a amavam profundamente.

Ela tinha uma presença suave e acolhedora, e sempre sabia como fazer as pessoas se sentirem à vontade. Ela tinha uma maneira especial de ouvir, e sua sabedoria e conselhos sempre eram muito apreciados.

Silvia era uma amiga para todas as horas, sempre pronta para ajudar e apoiar aqueles que estavam ao seu redor. Ela jamais julgava as pessoas, e sempre encontrava uma forma de ver o melhor em cada um.

Sua partida deixou uma enorme saudade em todos que tiveram a sorte de ter tido ela em suas vidas. Mas as lembranças de sua gentileza e amorosa presença sempre estarão conosco, como uma doce lembrança que nos dá conforto e inspiração.

Ó que bela donzela em minha vida vem passear, teus olhos meigos a me acariciar, de um doce suave olhar a me espreitar. Conhecemo-nos na escola, pois juntos passamos a estudar, éramos da mesma sala no ensino fundamental. Ela era uma garota quieta, compenetrada. Eu a visualizava de longe e constantemente a pegava em seu doce olhar me fitando com admiração. Eu ficava rubro na face e não conseguia sustentar o olhar, tremia todo e minha mão começava a suar frio, perdia o raciocínio do que minha querida professora estava explicando. Por isso era repreendido: "Carlos, você hoje está no mundo da lua"; "Terra chamando Carlos"... Aí a sala virava uma verdadeira algazarra, eu era muito tímido, não sabia lidar com esse tipo de sutileza, ficava sem chão, totalmente envergonhado de ser pego no meio de um devaneio desses. Meus sentimentos eram guardados a sete chaves, jamais confiaria em contar a qualquer amigo que seja, pois eles eram poucos, em um número de quatro rapazes e quatro meninas; conversávamos de tudo: música, livros, espiritismo, gibis do Homem de Ferro, Homem Aranha, Superman, Fantasma, Tex Willer e até artes marciais, mas cousa do coração jamais confiava em alguém.

Na época, eu era bom no entendimento da disciplina de matemática, e ela tinha certa dificuldade na matéria, então isso nos aproximou, ela pediu minha ajuda para lhe dar um reforço. Claro que meus olhos cintilaram de prazer, ser abordado por aquela musa esguia, corpinho de violão, perfeita, alta, morena clara, cabelos castanhos longos, lábios carnudos e suaves como a seda, olhar meigo, doce como o mel, seios bicudos e torneados como duas lindas peras. Ela já era noiva, aquela aliança me incomodava. Estudávamos no período vespertino, então ela me convidou a ir a sua casa para estudar, pois na semana seguinte começavam as provas, marcamos então pela manhã seguinte às 8 horas. Foi uma noite maldormida, pensando nela e em como iria agir. Acordei bem cedinho, fiz o café da manhã para meus irmãos, tomei um bom banho e me pus a caminho, ela morava a uns dez minutos de minha casa.

Chegando lá a chamei, de prontidão ela apareceu na janela com aquele sorriso angelical, me derreti todo por dentro, minhas pernas tremularam, minha boca umedeceu de prazer, mas só consegui falar um "Oi!". Então, desviando o olhar, ela abriu a porta e pediu que eu entrasse, nos sentamos à mesa de estudos, que já estava preparada. Perguntei pelos seus pais, ela disse que estavam no trabalho, ela era filha única, ficava em casa sozinha. Eu me sentei à mesa e ela se sentou em minha frente, começamos a estudar. Então percebi que ela estava somente de blusinha de algodão, com um decote deixando à mostra partes dos seios, notei de imediato que estava sem o sutiã. Ela olhou para mim com um sorriso e olhar de entendimento, arqueou seu corpo para trás e seus carnudos seios apontaram para mim como dois fuzis reluzentes, abaixou-os por sobre o tampo da mesa e os arrastou para trás, deixando eles a caírem no vácuo. Senti uma pontada na virilha com o tranco que seus seios deram, estremecendo e rodopiando no ar, e ficaram firmes. Meu pênis enrijeceu e reluziu numa dureza como o aço Valeriano da Saga dos grandes Nórdicos, ficou todo entumecido de prazer. Eu era virgem, nunca tinha conhecido mulher alguma, me sentia desajeitado, mal conseguia balbuciar umas palavras. Meu pensamento girava num frenético redemoinho de prazer, queria tomá-la em meus braços, sentir todo o seu corpo nu colado ao meu, era um devaneio só. Ela olhou para mim com aquele sorriso que me deixava sem ação, cruzei as pernas tentando esconder o volume que se avantajava em minha bermuda, parecia que iria explodir a qualquer momento, tamanho era o tesão que aquela musa fez aflorar em mim. Consegui abrir um largo sorriso de entendimento a ela, então ela retribuiu, e deu uma balançadinha naqueles seios carnudos e rijos como a pedra, eu já me via esmagando em minhas mãos tão delicada criatura, meus lábios umedeceram de vontade de chupá-los, já me via tirando sua blusinha de algodão, beijando seus generosos lábios, mordiscando os lóbulos de suas tenras orelhas, abocanhando seus fartos seios e descendo e beijando seu corpinho durinho todo enrijecido, passando pelo seu umbigo angelical, chegando até sua mata de Vênus, e me deliciando naqueles lábios perfeitos rosados e entumecidos, sugá-los até sentir seu gemido frenético de prazer, estava com a respiração ofegante, sentia o mesmo do lado dela, estávamos a ponto de nos arremessar um contra o outro e tomar daquele lindo cálice de prazer.

Então de repente alguém à porta bateu, fiquei aflito não sabendo como esconder aquele membro rígido, mil coisas passaram-se por minha mente, sentia-me congelado no tempo, não conseguia me mexer. Então ela levantou-se, foi até a porta e abriu, apareceu um rapaz musculoso todo torneado como o bronze. Então ele perguntou rispidamente: "O que vocês estão fazendo aqui?". Ela gentilmente falou: "Este é o Carlos, está me dando reforço de matemática". Eu de imediato consegui sair daquele torpor todo, levantei com meu caderno na frente de meu membro e falei: "Já terminamos por hoje, agora preciso ir". E saí sem ao menos olhar para trás, na ansiedade de me livrar daquele incômodo inchaço em minha bermuda.

Desci a ladeira correndo, só parei quando cheguei ao portão de minha casa. Estava sozinho, meus irmãos estavam na escola. Entrei, joguei meu caderno em cima da cama e corri para o banheiro. Retirei minha roupa numa tamanha ansiedade que quase as rasguei. Quando abrí a bermuda, pulou de imediato aquele aço reluzente desembainhado com o enorme cogumelo rosado na ponta, a tempo de explodir, estava chorando aquele líquido como o azeite de âmbar, lubrifiquei sua auréola com esse líquido e me pus a fazer movimentos frenéticos de vai e vem com a mão, e foi uma explosão de jorro de esperma quente que salpicou por todo o azulejo na parede à minha frente. Naquele momento me via a bailar dentro de minha musa num movimento de vai e vem a cantarolar.

À tarde, no colégio, na hora do recreio, ela veio me pedir desculpas pela rigidez de seu noivo. Eu só conseguir balbuciar um "tudo bem, eu compreendo". Finalizamos aquela série juntos, eu olhando-a de longe, evitando me aproximar, pois ela era noiva e estava para se casar. Findo o período, nunca mais a vi. Não sei como está hoje, se já foi castigada pelo tempo ou se o tempo foi mais uma vez generoso com ela. O que guardo é tão somente aquele semblante de um olhar meigo e penetrante, que volta e meia vem em minha alma a sussurrar.

 Passaram-se os anos, mas a lembrança daquela tarde no colégio continuava viva na memória de Carlos. A vida seguiu seu curso, com suas reviravoltas e surpresas, mas Silvia permanecia como uma doce lembrança, uma interrogação que o tempo não apagou.

 Carlos, agora mais maduro, encontrou-se diversas vezes questionando o que teria acontecido com Silvia. O casamento dela teria sido um conto de fadas, ou a rigidez do noivo se transformou em um fardo a carregar?

 Certo dia, ao folhear um velho álbum de fotografias, Carlos se deparou com uma imagem da época do colégio. Ali estava Silvia, com seu olhar meigo e penetrante, congelada no tempo. A curiosidade bateu forte, e ele decidiu tentar descobrir o que acontecera com ela ao longo dos anos.

 Com a ajuda da tecnologia e redes sociais, Carlos iniciou uma busca, ansioso para entender o desfecho da história que começou naquele colégio. Ao encontrar Silvia, agora uma mulher com experiências e histórias próprias, uma ponte entre o passado e o presente se formou.

 A reunião, marcada por um café casual em uma tarde ensolarada, trouxe à tona memórias e sorrisos. Silvia, ao ver Carlos, teve uma expressão de surpresa e nostalgia. A conversa fluiu, revelando as diferentes jornadas que cada um trilhou.

 Silvia compartilhou sobre sua vida, o casamento, os desafios enfrentados, e como o tempo moldou suas escolhas. Carlos, por sua vez, revelou seus próprios altos e baixos, mas enfatizou como a lembrança daquela tarde especial sempre esteve presente.

Ao se despedirem, a sensação era de conclusão e aceitação. O que começou como uma doce lembrança agora se transformava em um capítulo de amadurecimento e compreensão. O olhar meigo e penetrante de Silvia, guardado por tanto tempo na alma de Carlos, tornou-se uma recordação enriquecedora, lembrando-os de que algumas histórias são destinadas a permanecer como belas páginas no livro da vida.

Os anos que se seguiram à reunião casual entre Carlos e Silvia foram marcados por uma amizade reavivada. Embora o tempo os tivesse afastado fisicamente, a conexão emocional persistiu. Carlos e Silvia mantiveram contato, compartilhando experiências, conselhos e risos.

A vida de ambos tomou rumos diferentes, mas a amizade floresceu como uma rara e valiosa flor que resistiu às estações. Carlos, agora envolvido em sua carreira e com novos capítulos em sua vida, encontrou em Silvia uma confidente para os desafios e alegrias cotidianos.

Silvia, por sua vez, explorou novos horizontes, usando as lições do passado para moldar seu presente. As histórias que compartilharam, as conquistas e até mesmo as adversidades criaram uma base sólida para essa amizade peculiar que ultrapassou as barreiras do tempo.

Às vezes, ao entardecer, Carlos e Silvia se pegavam recordando aquela época do colégio, das primeiras inseguranças e das escolhas que fizeram. O olhar meigo de Silvia ainda continha a mesma ternura, agora acompanhada de uma sabedoria adquirida ao longo dos anos.

Em uma dessas conversas, decidiram criar uma tradição: uma vez por ano, reunir-se-iam para reviver as lembranças e celebrar a duradoura amizade que construíram. Esses encontros anuais tornaram-se âncoras em suas vidas, recordando-lhes a preciosidade das conexões sinceras.

E assim a história de Carlos e Silvia continuou não como um romance, mas como um testemunho de como as relações genuínas podem resistir à passagem do tempo. No livro de suas vidas, aquele capítulo especial permaneceu aberto, pronto para ser revisitado em cada reunião, reforçando a beleza dos laços que transcendem o efêmero.

Em uma dessas reuniões anuais, Carlos trouxe uma notícia empolgante. Ele e Ana estavam esperando o primeiro filho. Silvia, feliz por seu amigo, compartilhou a emoção de trazer uma nova vida ao mundo. Os anos de amizade entre Carlos e Silvia agora ganhavam um novo capítulo com a alegria da paternidade.

Os encontros anuais tornaram-se ainda mais especiais, com a presença das crianças, que corriam e brincavam juntas, formando uma nova geração de histórias e memórias. O ciclo da vida se desdobrava diante deles, e a amizade entre Carlos e Silvia servia como um farol, orientando-os através das mudanças e desafios.

Silvia, por sua vez, encontrou em Carlos e sua família um porto seguro, uma extensão de seu próprio círculo afetivo. A amizade não apenas permaneceu intacta, mas também se expandiu para incluir novos membros, enriquecendo suas vidas de maneiras imprevisíveis.

Ao olharem para trás, Carlos e Silvia celebraram a jornada individual de cada um, e também a trajetória compartilhada. As lembranças daquele primeiro encontro no colégio agora eram o alicerce de uma amizade duradoura, que atravessou todas as estações da vida.

A história de Carlos e Silvia é um tributo à força dos laços verdadeiros, à capacidade de resistir às tempestades e florescer na luz do companheirismo. Em meio às complexidades da vida, eles descobriram que a amizade sincera é uma joia rara, que enriquece cada capítulo de nossas vidas.

E assim, entre risos, abraços e histórias compartilhadas, Carlos e Silvia continuaram sua jornada, ansiosos por descobrir o que o futuro ainda reservava para essa amizade que desafiou as expectativas e se transformou em algo verdadeiramente eterno.

Após essa reunião emocionante, Carlos e Silvia decidiram embarcar juntos em uma viagem para relembrar os lugares que frequentavam na juventude. O cenário proporcionava um misto de nostalgia e novas descobertas, enquanto compartilhavam risadas e memórias.

Durante a jornada, eles se depararam com lugares que desencadearam histórias antigas, como o parque onde se conheceram, a cafeteria onde trocaram as primeiras palavras e a vista panorâmica que testemunhou muitos dos seus sonhos juvenis. Cada local trouxe à tona emoções intensas e momentos que só fortaleciam a ligação especial entre eles.

Enquanto exploravam esses lugares marcantes, Carlos e Silvia começaram a perceber que a vida é uma jornada cheia de surpresas. O destino, muitas vezes imprevisível, reservava novas oportunidades para reescrever histórias e criar capítulos inéditos. Eles entenderam que, mesmo que o tempo tenha passado, a amizade verdadeira permanece intocável.

Ao final da viagem, Carlos e Silvia se viram diante de uma encruzilhada. Novos caminhos se apresentavam, e a decisão de continuar a jornada juntos ou seguir por sendas distintas estava nas mãos deles. A eternidade da amizade estava marcada nas páginas da vida, pronta para receber novos capítulos repletos de aventuras, superações e, é claro, muitas lembranças compartilhadas.

Mas certo dia Carlos encontrou Silvia com um olhar triste e vago, Carlos a abordou e perguntou o que tinha acontecido, então ela desabafou com ele em prantos, soluçando disse que seu companheiro há muito não a respeitava, e que tinha trocado ela por outra mulher. Então o coração de Carlos encheu-se de ternura por aquela criatura que ele secretamente tanto amara.

A revelação dolorosa de Silvia abalou profundamente Carlos. Seu coração, que sempre guardara um sentimento especial por ela, agora se preenchia com uma compaixão intensa diante do sofrimento dela. Silvia, entre soluços, desabafou sobre a traição e a falta de respeito em seu relacionamento, revelando feridas que ele nunca imaginara.

Carlos, movido pela empatia e pelo desejo de confortar Silvia, ofereceu-lhe seu ombro amigo. Ele a encorajou a desabafar, a compartilhar suas dores e, acima de tudo, a reconhecer o valor que ela tinha como pessoa. Nesse momento delicado, Carlos percebeu que seu afeto por Silvia transcendia a amizade e tocava as profundezas de um amor guardado em segredo.

A história entre Carlos e Silvia tomava um novo rumo, repleto de emoções complexas e questionamentos sobre o que realmente significavam um para o outro. Aquele encontro inesperado desencadeou um turbilhão de sentimentos, levando-os a refletir sobre as escolhas da vida e as conexões que resistem ao teste do tempo.

Com essa reviravolta, a amizade entre Carlos e Silvia ganhava nova nuances, explorando a complexidade dos relacionamentos e a capacidade do coração humano de se reinventar diante das adversidades. O que o destino reserva para esses dois personagens que, mesmo após tantos anos, continuam entrelaçados por laços que vão além da amizade?

Capítulo 2

A DESCOBERTA DOS SENTIMENTOS

Carlos, enquanto oferece seu apoio a Silvia, começa a perceber que seus sentimentos por ela vão além da amizade. No entanto, esse entendimento cria nele um conflito interno, dividido entre revelar seus sentimentos ou manter segredo para não arriscar a amizade que tanto valoriza.

Os dias passam, e Carlos se encontra imerso em pensamentos sobre Silvia. Ele reflete sobre os momentos que compartilharam, a conexão especial que sempre sentiu e a nova dinâmica que se desenvolveu após a traição que ela enfrentou.

Silvia, por sua vez, começa a notar a mudança na atitude de Carlos. Ele se torna mais presente, mais atencioso. A amizade deles se aprofunda, e Silvia, em seus momentos de vulnerabilidade, encontra conforto na companhia dele.

Uma tarde, enquanto compartilham um café, Carlos decide finalmente abrir seu coração. Ele escolhe suas palavras com cuidado, expressando seus sentimentos de uma maneira que preserve a amizade deles, independentemente da resposta de Silvia.

Silvia ouve atentamente, absorvendo cada palavra. Ela é pega de surpresa, pois nunca havia considerado a possibilidade de Carlos nutrir sentimentos românticos por ela. A revelação de Carlos adiciona uma nova complexidade à relação deles, mas também destaca a força do vínculo que compartilham.

A resposta de Silvia é cuidadosa, mas honesta. Ela valoriza profundamente a amizade deles e, ao mesmo tempo, admite a confusão que sente diante dessa nova perspectiva. Juntos, decidem que, a despeito dos rumos que essa revelação possa tomar, a amizade deles é preciosa demais para ser perdida.

Assim, Carlos e Silvia embarcam em uma jornada de descoberta, explorando não apenas os desafios dos sentimentos não correspondidos, mas também a resiliência e a beleza que podem surgir quando duas almas conectadas decidem trilhar esse caminho juntas.

Capítulo 3

A JORNADA DA AMIZADE TRANSFORMADA

Após a confissão de Carlos, a dinâmica entre ele e Silvia passa por uma transformação gradual. Ambos estão determinados a preservar a amizade, mesmo diante da complexidade dos sentimentos envolvidos.

Silvia, embora surpresa pela revelação de Carlos, aprecia a coragem dele em compartilhar seus sentimentos. Isso a faz refletir sobre suas próprias emoções e como as experiências recentes impactaram sua visão sobre relacionamentos.

Ao longo das semanas, Carlos e Silvia continuam a compartilhar momentos, mas agora há uma tensão sutil no ar. Ambos sentem a mudança, mas estão determinados a enfrentar isso juntos, independentemente do que o destino lhes reserve.

Certo dia, enquanto participam de um evento local, Carlos e Silvia encontram um antigo colega de escola, alguém que testemunhou o vínculo especial entre eles desde o início. Esse encontro desencadeia uma série de memórias, lembrando-os de como a amizade deles resistiu ao teste do tempo.

Conforme o tempo passa, Silvia começa a perceber nuances em sua própria resposta aos sentimentos de Carlos. Ela se vê apreciando cada vez mais a presença dele e a confiança que compartilham. Essa evolução gradual permite que ambos explorem uma nova faceta de sua relação.

Enquanto enfrentam os altos e baixos dessa jornada, Carlos e Silvia aprendem lições valiosas sobre a complexidade do amor e da amizade. A verdade é que a linha que separa esses sentimentos muitas vezes se desfoca, mas o importante é a disposição de ambos em enfrentar o desconhecido, mantendo a base sólida de uma amizade que resistiu a todas as tempestades.

Capítulo 4

A RECONSTRUÇÃO DOS SENTIMENTOS

Carlos e Silvia, conscientes das mudanças em sua amizade, decidem ter uma conversa honesta sobre o que estão sentindo. Sentam-se em um parque tranquilo, compartilhando suas emoções de maneira aberta e sincera.

Carlos, sem expectativas ou pressões, expressa como o tempo ao lado de Silvia trouxe à tona sentimentos profundos que ele não sabia que existiam. Ele destaca o valor da amizade deles, mas também admite que esteja em uma encruzilhada emocional.

Silvia, por sua vez, ouve atentamente, processando as palavras de Carlos. Ela compartilha suas próprias reflexões sobre o relacionamento deles e como as circunstâncias recentes a fizeram repensar muitos aspectos de sua vida.

Decidem, então, embarcar em uma jornada de autoconhecimento individual. Cada um busca compreender melhor seus próprios sentimentos antes de explorar qualquer possibilidade romântica entre eles. Essa decisão revela a maturidade que ambos trazem para a relação.

Enquanto seguem essa jornada de autodescobrimento, Carlos e Silvia continuam a apoiar um ao outro em suas vidas cotidianas. A cumplicidade entre eles fortalece-se, e a amizade, longe de se desfazer, revela-se como alicerce essencial para qualquer passo futuro.

Durante esse processo, eles encontram desafios inesperados e momentos de alegria genuína. No entanto, o destino reserva surpresas que colocarão à prova a verdadeira natureza de seus sentimentos e o vínculo especial que compartilham.

E assim, entre reflexões profundas e momentos de leveza, Carlos e Silvia continuam sua jornada, prontos para enfrentar o que o futuro lhes reserva. O amor, seja na forma de amizade ou algo mais, revela-se como uma força transformadora capaz de moldar destinos de maneiras surpreendentes.

Capítulo 5

DESAFIOS INESPERADOS

Carlos e Silvia, imersos em suas jornadas individuais, encontram-se frente a frente com desafios inesperados que testarão a profundidade de seus sentimentos e a força de sua amizade.

Silvia, lidando com o término de seu relacionamento anterior, encontra consolo na amizade de Carlos. Ele, por sua vez, enfrenta dilemas pessoais que o levam a questionar o que realmente deseja para sua vida.

Em meio a esses desafios, os dois descobrem que a linha tênue entre amizade e amor muitas vezes se desloca de maneira sutil. Enquanto tentam entender esses sentimentos, a vida continua a apresentar situações que os forçam a tomar decisões importantes.

A comunicação aberta entre Carlos e Silvia torna-se ainda mais vital nesse momento. Compartilham suas angústias, sonhos e medos, fortalecendo o vínculo que os une. A amizade, antes baseada na juventude, agora se revela como uma âncora que os impede de se perderem em meio às tempestades da vida.

Durante uma noite estrelada, após uma conversa profunda, Carlos e Silvia percebem que seus destinos estão entrelaçados de maneira única. A atração que sentem um pelo outro é evidente, mas a decisão de avançar para um romance implica sacrifícios e uma redefinição da narrativa que compartilham há anos.

Diante dessa encruzilhada emocional, eles decidem dar um passo corajoso e explorar o que o amor romântico reserva para eles. No entanto, o universo ainda guarda segredos, e o desfecho dessa história está prestes a ser revelado.

Emoções intensas, escolhas difíceis e a promessa de um futuro incerto aguardam Carlos e Silvia. Será que o amor que descobriram um pelo outro é forte o suficiente para superar os desafios que se apresentam, ou a amizade que sempre os uniu permanecerá como o alicerce inabalável de suas vidas?

Capítulo 6

A JORNADA DO CORAÇÃO

A decisão de Carlos e Sílvia de explorar uma relação amorosa desencadeia uma jornada emocional intensa e repleta de descobertas. Os dois se veem envolvidos em um turbilhão de sentimentos que desafiam suas percepções sobre o que é o amor e como ele se manifesta.

O início desse romance é marcado por momentos de euforia, onde a paixão floresce e a felicidade parece transbordar. No entanto, à medida que mergulham mais profundamente em seus sentimentos, confrontam também os desafios inerentes a qualquer relacionamento.

A vida, por sua vez, continua a surpreendê-los. Silvia, determinada a redefinir seu caminho, decide seguir uma carreira que sempre desejou, enquanto Carlos se vê diante de oportunidades profissionais que o obrigam a considerar mudanças significativas em sua vida.

Nesses momentos de transformação, o relacionamento deles é posto à prova. Diferenças de objetivos e prioridades surgem, e a necessidade de comprometimento e compreensão mútua torna-se evidente. Carlos e Silvia enfrentam escolhas difíceis, tendo que conciliar seus sonhos individuais com a construção de um futuro compartilhado.

A narrativa se desdobra em um equilíbrio delicado entre a individualidade e a parceria, levando os personagens a questionar o que estão dispostos a sacrificar em nome do amor. Momentos de alegria e risos se entrelaçam com desafios e lágrimas, mas é a resiliência do coração humano que dá continuidade a essa história.

À medida que a jornada avança, Carlos e Silvia compreendem que o amor verdadeiro não é isento de obstáculos, mas é a maneira como enfrentam esses desafios que define a solidez de sua ligação. O final desta história está prestes a ser revelado, deixando uma reflexão sobre a natureza complexa, mas bela, dos relacionamentos humanos. O que o destino reserva para Carlos e Silvia só o tempo e o coração poderão revelar.

Capítulo 7

O DESPERTAR DA VERDADE

À medida que Carlos e Silvia enfrentam os desafios que a vida lhes apresenta, uma verdade inescapável começa a se revelar. O amor entre eles, embora repleto de paixão e ternura, não é imune às vicissitudes do tempo e das circunstâncias.

Silvia, agora imersa em sua carreira, descobre novas paixões e realizações pessoais. Seus horizontes se expandem, trazendo consigo uma sensação de plenitude que ela não imaginava ser possível. Enquanto isso, Carlos se depara com oportunidades únicas em sua jornada profissional, levando-o a explorar territórios desconhecidos e desafiadores.

O casal, inicialmente unido pela força do amor, encontra-se diante da encruzilhada da evolução individual. Os sonhos individuais, que antes eram apenas murmúrios nos cantos de suas mentes, agora clamam por atenção. A liberdade de escolher seus próprios destinos, ao mesmo tempo em que tentam manter a chama do relacionamento viva, torna-se uma tarefa árdua.

Silvia e Carlos lutam para equilibrar a entrega ao outro e a busca pela própria realização. Ambos percebem que o verdadeiro desafio reside na capacidade de apoiar um ao outro em suas jornadas individuais, ao invés de se perderem nas expectativas mútuas.

À medida que suas vidas seguem, Carlos e Silvia são confrontados com a verdade de que o amor, por mais profundo que seja, não é imune à metamorfose que ocorre quando duas almas buscam a plenitude pessoal.

A questão que eles enfrentam agora é se serão capazes de aceitar e abraçar essa verdade, permitindo que o amor deles evolua para uma forma que transcenda as fronteiras convencionais. O que aguarda Carlos e Silvia no próximo capítulo de suas vidas? Somente o tempo, o destino e seus próprios corações podem revelar.

Capítulo 8

O REENCONTRO DO DESTINO

Enquanto Carlos e Silvia trilham caminhos separados em busca de suas paixões individuais, o destino, muitas vezes imprevisível, decide brincar com as linhas do tempo. Anos se passaram desde o último encontro, e ambos encontram-se novamente em uma encruzilhada que parece ser guiada por forças além de sua compreensão.

Silvia, agora uma renomada profissional em sua área, recebe um convite para participar de uma conferência internacional. O evento promete ser uma oportunidade única para compartilhar suas experiências e conhecimentos com especialistas de todo o mundo. O que ela não esperava é que, entre os participantes, estaria Carlos.

O reencontro acontece em meio a um cenário cosmopolita, com a cidade pulsando vida ao redor deles. Os olhares que um dia eram repletos de juventude e sonhos agora carregam o peso das experiências vividas. As palavras não ditas e as perguntas não feitas flutuam no ar, criando uma atmosfera carregada de nostalgia e possibilidades.

Carlos, agora um empreendedor bem-sucedido, embarcou em sua própria jornada de crescimento e realizações. A chama que um dia ardeu entre ele e Silvia parece ter encontrado um abrigo seguro nas memórias compartilhadas, enquanto ambos seguiram adiante em direções inesperadas.

À medida que se reencontram, a interseção entre o passado e o presente revela como as escolhas feitas por cada um moldaram suas vidas de maneiras imprevisíveis. Carlos e Silvia, agora mais maduros e conscientes de suas próprias vulnerabilidades, são forçados a confrontar os sentimentos que foram mantidos sob a superfície por tanto tempo.

O reencontro reserva novas possibilidades para dois corações que, de certa forma, sempre estiveram conectados. A questão que paira é se seria possível reacender uma chama que o tempo tentou apagar, ou o destino reserva um papel diferente para Carlos e Silvia. À medida que o relógio continua a marcar o compasso de suas vidas, apenas o tempo revelará.

Capítulo 9

ENTRE LEMBRANÇAS E NOVOS HORIZONTES

O reencontro de Carlos e Silvia desencadeia uma enxurrada de emoções que ambos tentam compreender. A conferência torna-se um palco onde passado e presente se entrelaçam, deixando-os à mercê de um turbilhão de sentimentos há muito adormecidos.

Durante uma pausa nas palestras, Carlos e Silvia decidem explorar os arredores da cidade, onde as ruas estreitas e os cafés acolhedores testemunham o desenrolar de sua narrativa compartilhada. A cada esquina, as lembranças da juventude ressurgem, recontando histórias de risadas, sonhos e da inegável química que sempre existiu entre eles.

No entanto, enquanto revisitam o passado, também percebem o quanto cresceram como indivíduos. As experiências vividas, os amores perdidos e os desafios superados moldaram quem são hoje. Silvia, com sua determinação e sucesso profissional, contrasta com a jovem livre de preocupações que um dia foi. Da mesma forma, Carlos, agora um empreendedor maduro, carrega consigo a bagagem de escolhas difíceis e aprendizados valiosos.

A tarde se desenrola entre confissões não ditas e um crescente entendimento mútuo. A atmosfera é carregada de uma tensão que parece pulsar com a possibilidade de novos começos ou, quem sabe, despedidas definitivas.

À medida que o sol se põe sobre a cidade, Carlos e Silvia encontram-se diante de um ponto de inflexão. O que o futuro reserva para dois corações que, por tanto tempo, compartilharam um espaço especial na história um do outro? Será este o momento de se despedir, cada um seguindo em direção a novos horizontes? Ou será que o destino, caprichoso como sempre, ainda reserva surpresas inesperadas?

O próximo capítulo promete desvendar os desfechos finais desta história, que agora se encontra entre a nostalgia das lembranças e a incerteza do que está por vir.

Capítulo 10

DESPEDIDAS E NOVOS COMEÇOS

A noite se instala sobre a cidade, envolvendo Carlos e Silvia em uma aura de melancolia e reflexão. As luzes da metrópole ganham vida, mas os corações dos protagonistas pulsam em compasso com uma trilha sonora de emoções conflitantes.

Carlos, sempre admirador silencioso de Silvia, sente uma pontada de tristeza ao perceber o quanto ela sofreu em seus relacionamentos anteriores. A compaixão se mescla com a familiaridade de seus sentimentos, e ele se questiona se a vida os conduzirá por caminhos separados mais uma vez.

Silvia, por sua vez, encontra conforto na presença de Carlos, um amigo leal que conhece suas cicatrizes emocionais. O reencontro trouxe à tona sentimentos adormecidos, mas ela se debate entre a tentação do que já existiu e a necessidade de seguir adiante.

Enquanto caminham pelas ruas iluminadas, uma chuva fina começa a cair, adicionando uma camada poética ao momento. Carlos e Silvia encontram abrigo em um café acolhedor, onde as palavras fluem com a mesma facilidade de seus dias de juventude.

Ali, entre goles de café e olhares significativos, surge uma decisão inevitável. Silvia revela a Carlos que está considerando uma mudança significativa em sua vida, algo que pode alterar o curso de sua carreira e seu coração. Carlos, mesmo com um nó na garganta, incentiva-a a seguir seus sonhos.

Os dois se despedem na porta do café, sob a chuva suave que parece simbolizar o lento processo de purificação e renovação. Um abraço caloroso, carregado de saudade e esperança, marca o fim desta jornada compartilhada.

Carlos, agora solitário na noite chuvosa, contempla as luzes da cidade. A incerteza do futuro ecoa em sua mente, mas, ao mesmo tempo, uma chama de possibilidades acende-se. O que acontecerá a seguir somente o tempo poderá revelar.

Assim termina a história de Carlos e Silvia, um capítulo que encerra uma saga de amizade, amor e autodescoberta. Enquanto cada um segue seu próprio caminho, a lembrança do que compartilharam permanece viva, um tesouro precioso guardado no baú das recordações. E, quem sabe, em algum momento do futuro, seus destinos se cruzem novamente, trazendo consigo novas histórias a serem escritas.

FIM

CONCLUSÃO

Silvia, uma doce lembrança que guardo em meu coração, um amor platônico que nunca tive coragem de confessar, mas que deixou suas marcas em minha vida e me fez sentir o poder do amor e da paixão mesmo que apenas em pensamentos. E hoje, olhando para trás, vejo que, mesmo sendo apenas uma lembrança, ela foi uma parte importante de minha juventude e de minha formação enquanto ser humano. E por isso sempre será parte de minha história e de quem eu sou.

EPÍLOGO

Após aquele momento de desabafo, quando Silvia encontrou em Carlos um ombro amigo para compartilhar a dor do término de seu relacionamento, eles construíram uma amizade ainda mais sólida. Carlos, com seu coração generoso, ofereceu apoio e consolo a Silvia, tornando-se seu confidente e alicerce nos momentos difíceis. A amizade deles floresceu, criando laços que resistiram ao tempo e às adversidades.

Silvia, após o doloroso término de seu relacionamento, encontrou forças para seguir em frente. A amizade com Carlos foi um bálsamo em sua vida, proporcionando-lhe momentos de leveza e alegria. Ambos compartilharam risadas, conquistas e desafios, criando memórias que carregariam consigo.

Carlos, por sua vez, aprendeu que o amor pode se manifestar de diversas formas. A experiência com Silvia o ensinou sobre a importância de ser um amigo leal e compassivo. Em seus caminhos separados, Carlos continuou a viver com paixão, mantendo viva a doce lembrança de Silvia.

E assim, enquanto a vida seguia seu curso, Carlos e Silvia guardaram no coração a cumplicidade e a gratidão por terem encontrado um ao outro naquele momento crucial de desabafo e vulnerabilidade. A história deles, embora não tenha seguido o roteiro de um romance convencional, foi única e valiosa, repleta de aprendizados e crescimento pessoal.

E assim conclui-se a história de Carlos e Silvia, uma jornada que transcendeu as fronteiras do amor romântico, transformando-se em uma amizade duradoura que perdurou ao longo do tempo.

MÚSICA: SILVIA, UMA DOCE LEMBRANÇA

[Intro]

C G Am F

[Verso 1]

C   G
Silvia, a doce lembrança,
Am   F
No coração, uma esperança.
C   G
Seu olhar, tão penetrante,
Am   F
Na minha alma, instante a instante.

[Pré-Refrão]

Am   G
Entre risos e abraços,
F   C
Tempo que não apaga os traços.

[Refrão]

C   G
Silvia, oh, Silvia,

      Am   F
Nas memórias, és diva.
       C   G
Doce lembrança, a brilhar,
      Am   F
No coração, a eternizar.

[Verso 2]
       C   G
Na tarde da juventude,
      Am   F
Sentimento que germinou.
       C   G
Mesmo o tempo, que avança veloz,
      Am   F
Silvia, em mim permanece em nós.

[Pré-Refrão]
      Am   G
Entre risos e abraços,
       F   C
Tempo que não apaga os traços.

[Refrão]
       C   G
Silvia, oh, Silvia,
      Am   F
Nas memórias, és diva.

      C   G
Doce lembrança, a brilhar,
   Am   F
No coração, a eternizar.

[Ponte]

   Am   G
No livro da vida, uma página,
   F   C
Silvia, eterna viagem.

[Refrão]

   C   G
Silvia, oh, Silvia,
   Am   F
Nas memórias, és diva.
   C   G
Doce lembrança, a brilhar,
   Am   F
No coração, a eternizar.

[Outro]

C G Am F

OBRAS DO AUTOR
O FILHO DE N'GORA

Todos os direitos autorais reservados.

- Os Quatro Cavaleiros de Dragões – ficção infantojuvenil
- Diário de um grande amor – romance epistolar
- Magá – conto ficção
- Minha doce Inez – conto ficção
- Minha Mariinha – conto ficção
- O primeiro beijo – conto ficção
- Silvia, uma doce lembrança – conto ficção
- Minha Bruninha